Oscar Comettant

Gustave Lambert au Pole Nord

Anatiposi

Oscar Comettant

Gustave Lambert au Pole Nord

Réimpression inchangée de l'édition originale de 1868.

1ère édition 2023 | ISBN: 978-3-38220-448-8

Anatiposi Verlag est une marque de Outlook Verlagsgesellschaft mbH.

Verlag (Éditeur): Outlook Verlag GmbH, Zeilweg 44, 60439 Frankfurt, Deutschland
Vertretungsberechtigt (Représentant autorisé): E. Roepke, Zeilweg 44, 60439 Frankfurt, Deutschland
Druck (Imprimerie): Books on Demand GmbH, In de Tarpen 42, 22848 Norderstedt, Deutschland

» lustre écrivain) les hommes mêmes qui ont
» toute l'autorité en public, ne peuvent, par
» leur délibération, établir aucun bien effectif
» si les femmes ne leur aident à l'exécuter. »

Qu'elles viennent donc à notre aide les femmes qui ne se sentent pas indifférentes aux efforts héroïques de ces sublimes pionniers de la science, résolus pour une idée à affronter d'incalculables dangers et les plus pénibles labeurs, et qu'elles ne s'épouvantent pas de ce rôle nouveau de protectrices de la science.

Patronnes habituelles des pauvres, des orphelins, de tout ce qui souffre et demande protection, il ne leur en coûtera qu'un sourire de plus pour devenir, quand elles le voudront, la source des inspirations les plus grandioses, les instigatrices du courage, les protectrices du génie.

Allez au fond du cœur de toutes les gloires, vous y trouverez l'image d'une femme.

Aussi je ne crois pas que la femme soit toujours «l'organe du diable» (saint Bernard).
— « l'augmentatrice du péché » (saint Augustin), — « la malice auprès de laquelle toute malice est peu de chose » (saint Bonaventure). Et en dépit de saint Cyprien, quand il dit : « Qui se lie à une femme se prépare de

grands chagrins, » je souhaite vivement que tous les comités établis puissent s'allier toutes les dames qui comprennent la grandeur de l'entreprise et voudraient s'y intéresser en la propageant.

Je poursuis, car après tout ce qu'on a dit et écrit sur cette aventureuse conquête scientifique, j'espère être assez heureux pour fournir quelques nouveaux renseignements.

V

La conquête des deux pôles, inutile quant aux transactions commerciales, peut féconder toutes les sciences, rectifier bien des calculs, donner lieu à des observations nouvelles en rendant enfin l'homme maître du globe qu'il habite. Nous avons autour du pôle nord 800 millions d'hectares inexplorés, et le pôle sud est le centre de 1,400 millions d'hectares, vierges de tout regard humain. François Arago disait, en parlant des travaux de la science, que l'*inconnu est la part du lion*, plus que partout ailleurs, très-probablement, la part de l'inconnu serait considérable aux barrières du monde.

L'expédition au pôle nord sera surtout d'une

immense importance pour scruter les lois de la lumière, de l'électricité, du magnétisme, des vents, et déterminer l'aplatissement du pôle et la marche de certains courants, sans compter tous les sujets d'étude sous le rapport de la zoologie et de la botanique.

Nous n'exagérons rien en répétant ici que c'est aux pôles, témoins actuels de cette période glacière qui a joué un si grand rôle géologique dans l'histoire physique de notre planète, que sont déposées les clefs de nombreux mystères à dévoiler.

Que de gens s'imaginent que la mort règne avec le froid aux deux extrémités du globe, quand, au contraire, malgré le froid le plus extrême, ces régions nous apparaissent comme les grands dépôts de la vie organique, principalement de la vie animale qui s'y produit avec une exubérance inouïe et presque fantastique. Tout le monde sait que la mer Arctique est la froide patrie des diverses variétés de baleines, depuis surtout qu'elles ont été chassées des mers tempérées, où elles abondaient autrefois. Il est très-probable que la Polynia est le quartier général de ces grosses espèces, et de ce poisson-diable, *devil-fisch,* si difficile à prendre et si peu rémunérateur comparé à la paisible et huileuse *baw-head*. Celle-ci, depuis Jonas, ne mange ni hommes ni gros poissons et, modestement, se nourrit de petits crustacés rouges, aussi nombreux que les sables de la mer dans tous les gîtes baleiniers.

A côté de ces gigantesques cétacés, voici le morse ou vache marine, de la taille d'un grand bœuf normand, et qu'on rencontre par troupeaux recouvrant la mer sur des étendues de plusieurs kilomètres. Ils dorment sur l'eau, la tête penchée, ou se reposent en rangs pressés sur la glace, quand ils ne draguent pas au fond des eaux les crustacés qui composent le principal de leur alimentation.

Le veau marin se rencontre fréquemment aussi, mais isolé. Le nez en l'air, il reçoit voluptueusement la neige qui, par les temps calmes, tombe sous forme d'étoiles à six rayons. Quelque rusé qu'il soit, il se laisse prendre par l'ours blanc, carnivore ichthyophage, qui en fait sa nourriture favorite. Les griffes d'acier de ce féroce animal, si prodigieusement fort et qui brave tous les périls, pénètrent l'épaisseur du cuir du veau marin ou du morse, et les plaintes sourdes et lugubrement prolongées des victimes

viennent seules troubler le silence absolu de ces
déserts de glace.

La morue fourmille dans les bas-fonds, où
règnent de gigantesques crustacés et le saumon
est si abondant aux embouchures des rivières
de cette zone animale, que vers Okhost il est
saisi par bandes dans les glaces au moment de
la prise des eaux.

Partout tout s'agite, tout vit et tout mange
avec gloutonnerie dans ces lieux où l'homme,
ce grand destructeur, n'a pu encore exercer ses
ravages. Qu'on juge des myriades d'êtres qu'il
faut à l'appétit de ces êtres se dévorant les uns
les autres en vertu de la loi du plus fort! Les
plus gros mangent les moyens, ceux-ci les plus
petits, et les plus petits les infusoires qui, à leur
tour, se substantent de matières organiques
élémentaires nées de la substance de vie dont la
mer Arctique est saturée. La mer, par moments,
nous dit M. Lambert, est tellement chargée
de corps organiques élémentaires, qu'elle de-
vient grasse et comme huileuse au toucher.

Les airs ne sont pas moins habités que les
eaux dans cette immense usine animale de la
création.

L'alouette des glaces, qui ressemble à la nôtre,

recouvre parfois des surfaces de plusieurs hectares.

Les palmipèdes du genre canard, notamment l'eider, se rencontrent en bandes dont l'aspect étourdit, nous dit notre navigateur. Dans l'air, cela forme d'épais nuages; sur l'eau, ils se serrent les uns contre les autres, à tel point, qu'au moment où ils battent de l'aile pour s'enlever, ils se culbutent et sont forcés de s'étager sur plusieurs rangs, comme des escadrons aériens. Les escadrons partent avec des bruits d'ailes comme un ouragan de plumes.

Et tout cela se nourrit de poissons!

En vérité, dit M. Lambert, qui a tout observé par lui-même, la vie animale des régions polaires est d'une intensité qui dépasse toute limite.

Le botaniste ne trouvera pas au pôle un champ d'observations moins riche que le zoologiste.

La vie végétale, sous-marine et terrestre, doit être étonnamment intense durant l'été, dans la zone des plus grands froids.

Pendant l'hiver même, elle ne disparaît pas entièrement partout.

En effet, dans leur hivernage au port Foulque, vers le 78e degré de latitude, les compagnons de l'intrépide américain Hayes, ont pu

GUSTAVE LAMBERT

AU POLE NORD

CE QU'IL Y VA FAIRE

PAR

OSCAR COMETTANT

AVEC LA LISTE COMPLÈTE DE TOUS LES COMITÉS
DU PATRONAGE

**Et une Carte des Mers polaires
par Malte-Brun.**

PARIS

E. DENTU, LIBRAIRE-ÉDITEUR,
PALAIS-ROYAL, 17 ET 19, GALERIE D'ORLÉANS.

—

1868

— Souscrirez-vous pour le pôle nord ?,
— Oui, mais à deux conditions.
— Lesquelles ?
— D'abord, qu'on m'expliquera nettement ce que M. Gustave Lambert va faire au pôle nord.
— Ensuite ?
— Ensuite, qu'on viendra recevoir chez moi ma souscription.
— C'est tout ?
— C'est tout.
— Quelle que soit votre exigence, vous serez satisfait.

I

Il n'est personne en France, — et même un peu partout ailleurs, — parmi les gens intelligents, qui ne connaisse plus ou moins bien aujourd'hui le projet de M. Gustave Lambert, projet devenu national grâce à la Société géographique, à l'Institut de France, à l'appui de tous les corps savants, à d'augustes protections et au concours bienveillant de la presse.

Il s'agit de résoudre le plus grand problème géographique que notre siècle ait pu se poser, en se frayant une route nouvelle, d'après une théorie nouvelle, pour atteindre le 90° degré de latitude nord, c'est-à-dire le point juste où se place l'axe idéal du globe.

La science n'a pas de patrie, je le sais; son domaine est l'univers, ses champs à cultiver les lois de la nature, ses cultivateurs l'humanité et la moisson la vérité qu'on ne saurait, Dieu merci, ni accaparer, ni exploiter par privilége, et qui est à tous quand un seul la découvre. Néanmoins je ne puis me défendre d'un mouvement d'orgueil à la pensée patriotique qu'un français, avec l'aide de quelques compatriotes, sur un bâtiment de notre pays fourni spontanément par le peuple, ira planter le drapeau de la France sur ce lieu mystérieux, dérobé aux investigations hardies des Ross, des Parry, des Franklin, des Austin, des Penny, des Haven, des Kennedy, des Beechey, des Kellet, des Ommaney, des Collinson, des Mac-Clure, des Inglefield, des Kane, des Hayes, des Mac-Clinton, et de tant d'autres héros de la mer, que je ne désigne pas pour abréger.

Mais, avant d'aller plus loin, voyons un peu qui est M. Gustave Lambert, quelles sont se théories, ses patrons scientifiques et examinons avec rigueur quelle importance au point de vue du progrès de la science s'attache à son projet.

II

M. Gustave Lambert est un homme qui *veut aller* au pôle nord.

C'est déjà quelque chose qu'un esprit de cette trempe, même en France où ce ne sont pas les hommes d'initiative et d'énergie qui manquent.

Mais une volonté ferme, inébranlable, la passion des voyages, l'amour de la science et de la gloire poussé jusqu'au martyre, ne suffiraient pas à réaliser une semblable expédition et à inspirer la confiance de ceux qui voudraient l'appuyer.

Il faut ici que l'audacieux missionnaire de la science soit lui-même un savant, et qu'il ait fait ses preuves comme marin.

M. Lambert a tous ces titres.

Ancien élève de l'École polytechnique, il s'est distingué comme hydrographe et a fait un rude apprentissage de la mer, notamment dans un récent voyage dont le but spécial était une reconnaissance des mers arctiques du côté du détroit de Behring. C'est pendant sa croisière

dans les glaces, en étudiant les spectacles
étranges qui se déroulaient à ses yeux, en
scrutant les causes de tant de phénomènes
posés comme des problèmes aux investigations
de l'esprit, qu'il put en établir la règle théo-
rique et le caractère pratique.

A la fois calme et passionné, il voulut se
convaincre avant de se laisser croire, bien per-
suadé que si la foi religieuse suffit à soulever
des montagnes, il faut autre chose que la foi
scientifique pour renverser les montagnes de
glace qui se dressent comme des barrières aux
deux pôles du monde.

Il est des probabilités qui apparaissent à
la raison avec toute la force, pour ainsi dire,
d'une démonstration mathématique.

C'est par des inductions, mais des inductions
appuyées sur la constatation de certains faits et
fortifiées de rigoureux calculs, que M. Lambert
établit sa théorie de l'insolation qui donnerait
aux régions polaires alternativement un froid
extrême et une chaleur extrême, en assurant la
libre navigation de la Polynia.

C'est aussi en étudiant la marche des courants et en examinant la nature des banquises
à l'extrémité du détroit de Behring, que ce

jeune savant finit par ne plus douter de la possibilité d'atteindre le pôle nord en suivant une route entièrement nouvelle, et que Cook, pourtant, avait considérée comme la meilleure.

Cette route est longue en partant d'Europe; mais qu'importe la longueur si le but peut être atteint !

Il s'agit d'abord de doubler le cap Horn, de traverser le détroit de Behring et d'aller droit sur les banquises au delà desquelles se trouve la Polynia ou mer libre polaire.

Durant les six mois de nuit où la lune, comme un phare qui se promène au-dessus de l'horizon, éclaire seule ces froides et ténébreuses solitudes, tout l'océan circumpolaire doit être gelé; mais durant les six mois de jour qui succèdent aux six mois de nuit, quand le soleil a remplacé l'astre blond, qu'il est *midi à toute heure*, la chaleur versée obliquement et calculée d'après les lois de l'insolation, permet d'affirmer qu'une immense débâcle se produit dans ces régions extrêmes. La débâcle du pôle nord a lieu, probablement en juin et juillet ; c'est donc à cette époque de l'année que l'expédition devra se trouver assez avancée dans les débris des banquises qui s'interposent, nous le savons, entre l'extrémité du détroit et la mer libre, pour profiter de son ouverture et planter le drapeau national au pôle même.

Mais quelle est l'étendue de cette banquise qui s'offre à la vue comme une croûte glacée dont on n'aperçoit aucune limite, et qui résiste en partie à la chaleur déversée par le soleil pendant les six mois de son apparition ?

A cette question nul ne saurait répondre que par des hypothèses.

M. Lambert pense que ce champ de glace n'est pas relativement très-étendu, et il compte le franchir par ses interstices ou en se frayant une route au moyen de la poudre et de la scie, à raison de trente à quarante kilomètres par jour.

En supposant que la banquise présente une étendue plus considérable que ne le pense le chef de l'expédition projetée, et qu'il avance moins rapidement dans les glaces, il hivernera.

S'il le faut, il fera comme Kane, il passera deux hivers dans les glaces, et il atteindra le pôle, si le pôle peut être atteint.

III

Mais l'examen auquel M. Lambert s'est livré
de la nature des glaces dans ces parages, lui
donne l'assurance qu'il les franchira sans
grandes difficultés et presque sans danger.
Dieu veuille qu'il en soit ainsi !

Dans le mouvement général de circulation
des eaux qui joue sur la terre, nous dit M.
Lambert, un rôle analogue à celui du sang
artériel et veineux dans l'économie animale,
on voit les eaux, évaporées par l'action des
rayons solaires. se déposer sous forme de pluies,
brouillards ou neiges, sur les hautes cimes de
montagnes et dans les régions froides, et donner naissance à des glaciers qui se déchargent
tantôt lentement, tantôt brusquement, pour
produire les fleuves et retourner ainsi à l'état
liquide, sous l'influence de cette même chaleur
qui les avait engendrés. En combinant les conditions particulières de latitude et d'épaisseur
atmosphérique, on se rend un compte exact de
la hauteur à laquelle se déposent les neiges
persistantes, depuis cinq mille mètres sous

l'équateur jusqu'au niveau de la mer dans les
extrêmes régions froides du sud et du nord.
Examinons la formation de ces zones de neige.

D'abord il se produit des masses agglutinées
auxquelles on a donné le nom de *Nevés*. Ces
masses de neige, d'une forme globuleuse ou
granuleuse, perdent avec le temps cette physio-
nomie pour passer à l'état de glace transparente. Sur cette glace s'accumulent d'autres
neiges qui à leur tour se transforment en nevé
pour devenir glace. Le massif augmente ainsi
prodigieusement dans les régions polaires,
jusqu'à ce qu'un jour, avec un bruit de cata-
clysme, il se détache du roc où il a pris naissance pour rouler jusqu'à la mer, où il présente l'aspect d'une véritable montagne de
glace, *ice-berg*, comme on dit en anglais. Quelques-unes de ces montagnes ont été mesurées;
leur jauge était de plusieurs millions de tonneaux et elles s'élevaient jusqu'à deux cents
mètres au-dessus de l'eau; ce qui, avec la partie submergée, devait fournir un bloc de mille
mètres d'épaisseur. Quand un navire se heurte
contre quelqu'un de ces himalayas, ou que,
poussés par le vent les *ice-berg* lui font un nouveau lit de procuste, c'est la mort.

Les montagnes de glace qui ne peuvent
atteindre ces dimensions colossales qu'avec la
collaboration d'une longue suite d'hivers, et à
la condition d'avoir la terre ferme pour point
d'appui, indiquent donc généralement la présence de terres assez rapprochées de l'endroit
où on les observe; bien que quelques-unes de
ces masses flottantes poussées par le vent
comme des navires à voiles, se soient égarées
jusqu'à la 40ᵉ parallèle. Aussi est-ce surtout
aux alentours du pôle sud, qui est une terre
ferme et montagneuse, que l'on rencontre
accumulées comme des forteresses imprena-
bles, ces gigantesques glaciers ambulants. Voilà
pourquoi il paraîtra toujours extrêmement dan-
gereux, si non impossible, d'atteindre le pôle
sud, et que tant de hardis navigateurs ont
échoué dans leur tentative d'arriver au pôle
nord par le passage connu entre le Spitzberg
et la Nouvelle-Zemble, non moins que par le
détroit de Smith

« Fuir les terres, » dit M. Gustave Lambert,
« doit être la devise du marin polaire. »

IV

Le phénomène de la formation des glaces a un tout autre caractère à la mer.

En tombant à flocons pressés, par un froid de plusieurs degrés au-dessous de zéro, et par une température calme, elle n'a pas le temps de se dissoudre et forme sur la mer une sorte de bouillie qui, bientôt, se fige sur une petite épaisseur, en produisant une glace moitié franche et moitié nevé. Que le vent se lève, tout se brise alors et l'on dirait une mer de diamants. Chaque petit morceau de glace est entouré, comme une île de lumière, d'une certaine quantité d'eau douce qui ne se mêle pas à l'eau salée et fait ressortir par son opale le saphir des mers. Les rayons du soleil viennent irriser toutes ces flaques d'eau et brillanter la glace, en reproduisant sur une échelle illimitée à l'œil le phénomène des anneaux colorés de Newton. Mais en quelques instants le ton général perd la vigueur des nuances et tout s'harmonise sur une teinte pâle et lugubre comme un linceul de vierge.

C'est là, pour ainsi dire, la semence des banquises.

Que le thermomètre descende de plusieurs
degrés encore et tout se coagule, moitié glace
d'eau douce — transparente et verte, — moitié nevé, granuleux, neige agglutinée.

Si le froid continue, si sur cette première cou-
che glacée la neige vient à tomber de nouveau
en abondance, la crème s'épaissit et toute la
mer se solidifie.

Et voilà comment il se fait que pendant l'hiver, dans la zone des froids, on peut, en traî-
neau, passer d'Asie en Amérique.

L'été, des craquements semblables à des dé-
charges d'artillerie se font entendre sur tous
les points à la fois; la glace se disjoint, s'agite,
s'entre-choque, et forme ces immenses banquises, peu élevées, il est vrai, et peu profondes, que
les navigateurs anglais ont appelées *ice-fields*.
C'est cette glace n'émergeant pas plus d'un mè-
tre au large, mais allant en s'épaississant vers
les côtes, que M. Lambert compte faire sauter
par la poudre, ou scier au moyen de scies spé-
ciales dont l'action est rapide, quand il ne
pourra pas la contourner.

Les théories de M. Lambert ont rallié les

hommes les plus compétents, et le chef de l'Etat, après un examen attentif du projet, en a manifesté sa haute et complète approbation. La Société de géographie, l'Association scientifique et météorologique de France, les plus illustres notabilités se sont constituées en comité de patronage, et une souscription nationale de un million est ouverte pour fournir aux moyens matériels de l'expédition. Chaque jour des comités se créent dans nos villes de France, entraînés par le noble but de l'expédition, le courage et la fermeté de son chef. Nous citerons au hasard Bordeaux, Orléans, Lyon, Marseille, le Havre, Angoulème, Agen, Montpellier, Colmar, Nimes, Narbonne, Versailles, etc., etc.

« Le progrès de la souscription en faveur de l'expédition française au pôle nord, disait le *Moniteur* du 1er avril dernier, s'accuse chaque jour davantage. M. Gustave Lambert parcourt en ce moment le midi de la France pour y exposer son projet, et demander à l'initiative privée les moyens de réaliser une entreprise dont le succès honorera ceux qui l'auront préparée par le concours éclairé de généreuses sympathies. Sous l'impulsion du mouvement qui se produit en France, les Anglais viennent de re-

prendre leur projet d'expédition polaire; dans
l'une des dernières séances de la Société royale
géographique de Londres, un marin distingué,
le capitaine Sherard Osborne, a insisté de nouveau sur l'importance d'une semblable expédition. De son côté, l'Allemagne, sollicitée par
l'éminent géographe Petermann, fait des pré-
paratifs pour gagner, dans les premiers mois
de l'année prochaine, les mers du Spitzberg et
se diriger de là vers les hautes régions boréales.

» Le chaleureux accueil que rencontre M. Gustave Lambert dans les villes du midi nous permet d'espérer qu'en France l'initiative privée
ne se montrera pas moins vivace qu'elle peut
l'être en Angleterre et en Allemagne. Déjà bon
nombre de nos nationaux établis à l'étranger
ont répondu à l'appel du comité de patronage,
et il est arrivé de Chine, du Japon, du Maroc
et de Madagascar de libérales souscriptions pour
l'expédition au pôle nord. Ce serait là, s'il en
était besoin, une preuve nouvelle que les Français conservent, hors de leur pays, la plus vive
sollicitude pour les questions auxquelles s'inté-
resse la mère patrie. »

Nous sommes heureux de ces lignes du *Mo-*

niteur qui fortifient la confiance que nous avons dans le succès de la souscription. Mais pour en activer les résultats, peut-être y a-t-il encore quelque chose à faire.

J'ai osé rêver, pour patronner ce grand projet scientifique, non-seulement les savants aux dos voûtés par l'étude, aux fronts ridés en points d'interrogation, aux sourcils grisonnants et au crâne dénudé, mais encore et surtout cette moitié de notre espèce, à laquelle il ne manque jamais de cheveux, — elle en achèterait plutôt, — dont le corps tout mignon est un conservatoire de grâces, qui fait de sa faiblesse sa puissance même, et veut ce qu'elle veut dans la douceur et la timidité de ses ressorts délicats avec mille fois plus d'empire et d'énergie que les majors cravachons réunis de la Gascogne et de l'Alsace.

Ne soyez pas trop surpris. Vous vous ferez à cette idée, si vous n'y êtes déjà fait. Oui, j'ai osé rêver, pour seconder ce vaste projet d'expédition à la dernière et suprême conquête de notre globe terrestre, projet si poétique, si étrangement audacieux, si noble par le but et qui devra être si éminemment utile aux sciences par ses résultats en tous genres, l'appui des femmes qui, elles aussi, ont droit d'aspirer pour leur part à l'héritage du patrimoine intellectuel de l'humanité, étant douées d'un esprit et d'une âme, c'est-à-dire ayant, avec l'intelligence, l'élévation des sentiments et l'amour du vrai et du beau.

Que n'a-t-on pas dit contre la femme autrefois, contre sa *vaine curiosité*, et que ne veut-on pas tenter à cette heure pour le perfectionnement de son intelligence?

« La femme, » d'après Sophie Arnould, « est » un grand enfant qu'on amuse avec des jou- » joux, qu'on endort avec des louanges, et qu'on » séduit avec des promesses. »

Mais les hommes, — c'est à eux que je le demande, — sont-ils plus sages, et les femmes n'ont-elles pas prouvé, en tout temps et partout, qu'elles pouvaient glorieusement s'associer aux plus glorieuses entreprises?

Sans être leur courtisan, on peut donc avancer qu'elles ne sont déplacées nulle part où, pour arriver à l'utile, il faut passer par l'enthousiasme.

J'ai cité Sophie Arnould; quelle autre autorité plus grande n'aurai-je pas en citant Fénelon :

« Les hommes (dit ce pieux évêque et il-

2

tuer six cents rennes, qui, on le sait, sont her-
bivores. Ces animaux se nourrissent, par des
températures de plus de 50 degrés au-dessous
de zéro, de certaines mousses qu'on découvre
sous la neige.

Si M. Lambert peut atteindre le pôle nord, et
si ce pôle se trouve sur un îlot, des fouilles seront pratiquées et fourniront des éléments
d'une valeur inappréciable à la géologie et à la
paléontologie. Mais même sans aller sur ce point
extrême, avec des sondages dans certains lieux
des côtes boréales, on peut arriver à établir la
stratification des terrains et à déterminer leur
nature.

Il y a peut-être quelque part dans ces zones,
conservées comme les bibles de la nature, des
spécimens d'animaux ou de végétaux qui ser-
viront de jalons à la science; peut-être décou-
vrira-t-on de ces fossiles antédiluviens aux
dents d'ivoire dont chacune d'elles pesait
soixante-dix kilogrammes; peut-être aussi d'autres colosses dont Cuvier n'a jamais soupçonné
l'existence. L'inconnu est là partout qui solli-
cite l'ardente curiosité de la science.

Laplace a pu considérer les régions polaires
comme les premières parties de notre globe qui

se soient refroidies, les premières, par consé-
quent, qui aient servi de lieu de production
à des êtres organisés, rudimentaires d'abord,
puis plus complexes et perfectionnés jusqu'à
l'homme.

Quel vaste horizon de conjectures, et combien
la science qui cherche par l'observation et le
calcul à reconnaître les lois du Créateur est
grande et sainte !

« Ces lois, nous dit éloquemment M. Lambert,
qui permettent de prophétiser la nature et la
venue d'un phénomène, qui donnent à notre
certitude le *critérium* particulier de la prévision,
seul *critérium* incontestable, n'ont pas alors le
sens grammatical de ce mot de *lois*, ou conven-
tions provisoires édictées par le caprice d'une
majorité, qu'une autre majorité peut transfor-
mer à la suite et à son gré, de son souffle non
moins capricieux. Les lois naturelles ne se vo-
tent pas, elles se démontrent, et la pénalité qui
résulte de leur violation par suite de notre
ignorance, s'établit dans la pratique des faits
en vertu de leur police propre ; la douleur, le
mal, c'est la trangression de la loi, c'est l'ignorance. »

Mais nous en avons dit assez sur l'importance

scientifique de l'expédition qui se prépare, que
la France encourage et dont l'étranger suit les
progrès.

Voyons maintenant quels sont les moyens
d'exécution qui devront être employés pour
assurer, autant que possible, le succès de l'entreprise.

VI

Nous avons eu sur ce sujet un long et très-
intéressant entretien avec M. Gustave Lambert
qui a répondu avec une bienveillance extrême
aux questions de détail que nous lui avons
adressées.

On comprend que pour une campagne de ce
genre, il faille un armement spécial.

Le personnel de l'équipage ne doit pas être le
même que pour des traversées ordinaires, pas
plus que les provisions de bouche, l'équipement
des hommes, l'aménagement du navire et le
navire lui-même.

Jusque dans ces derniers temps on avait cru
que de petites embarcations étaient plus favora-
bles que de grands navires pour des excursions
boréales. Il ne faut rien exagérer. Un navire de

600 à 700 tonneaux paraît offrir les avantages désirables, s'il est muni d'une petite machine à vapeur dont on ne fera usage que dans les régions extrêmes et seulement quand les circonstances l'exigeront impérieusement. L'économie du combustible difficile sinon impossible à renouveler dans ces parages — M. Lambert entrevoit qu'on pourrait remplacer le charbon par l'huile de baleine — impose cette réserve.

Que le navire soit plus ou moins bon marcheur, cela importe peu, dès qu'on arrive aux banquises, dans lesquelles on ne peut jamais avancer que très-lentement. Ce qu'il faut, c'est que le bâtiment soit aussi solide que possible, qu'il évolue facilement, qu'il n'ait qu'un faible tirant d'eau et qu'il possède un avant formidable de défense, en état de lutter contre les glaces sans que l'étrave soit coupée ni démolie.

Pour satisfaire à ces conditions, le bâtiment sera court et très-large de flanc.

Afin d'envoyer le moins possible les hommes dans la mâture où ils pourraient être saisis par le froid et tomber, on adoptera le système des doubles vergues.

Avec cela, beaucoup de croisure et peu de guindant, c'est-à-dire d'élévation de voiles.

On s'attachera à éviter les frottements pour
le passage des manœuvres toujours couvertes
de verglas.

Un épais soufflage extérieur, des parois assez
bas pour que la mer se détache de partout à
tous les yeux; le pont libre, six pirogues balei-
nières et un abri spécial pour le timonier, voilà
pour l'extérieur.

A l'intérieur, on emploiera le système des
compartiments étanches.

Grâce à ce système de construction qu'il serait
désirable de voir adopter généralement, si la
coque du navire se trouvait enfoncée sur un
point par le choc de la glace, un comparti-
ment seul se remplirait d'eau et le navire ne
coulerait pas.

Au lieu du logement étroit et insalubre ré-
servé d'ordinaire aux matelots, le navire boréal,
en vue d'un hivernage, doit offrir à l'équipage
un vaste logement où chaque homme aura sa
cabine à l'abri de tout courant d'air.

Un circuit tubulaire entretiendra, par la vapeur, une température moyenne, en même
temps qu'un séchoir recevra les vêtements des
hommes venus du dehors; car par ces froids
intenses, la laine humide, imprégnée de ce

qu'on a pittoresquement appelé la *fumée du froid*, ne sèche pas au grand air.

VII

Passons à la composition de l'équipage.

1° Le chef de l'expédition, *maître après Dieu*, suivant la formule ordinaire. Cette formule reçoit ici son application la plus rigoureuse, car la réussite dépend du chef, de sa fermeté, de sa prudence, de son instruction, de son expérience, du respect et de la confiance qu'inspirent ses ordres.

2° Six officiers, dont un second du capitaine et cinq officiers de quart, chargés, en outre du service habituel du bord, des divers services scientifiques.

3° Trois médecins chargés à la fois du service médico-hygiénique et des sciences naturelles.

4° Six maîtres d'équipage ou matelots d'élite.

5° Quatre maîtres spéciaux pour la machine.

6° Douze matelots de choix, volontairement engagés, en bon état de santé, résolus, ayant ou n'ayant pas vu les glaces, âgés de vingt-cinq à quarante-cinq ans.

7° Dix-huit hommes de professions variées, tels que forgerons, tailleurs, terrassiers, cordonniers, menuisiers, etc, aidant au besoin à la manœuvre et un peu *Robinson* de leur nature, car il faut savoir s'ingénier et se décupler dans les explorations aventureuses.

8° Deux cuisiniers.

9° De deux à trois domestiques pour le service du capitaine, du second et des officiers.

En dehors du chef de l'expédition et des officiers plus spécialement attachés à la partie scientifique et qui offrent gratuitement leur concours, toutes les autres fonctions du bord seront rétribuées et largement rétribuées.

Chaque matelot est assuré d'un minimum de cent francs par mois.

Le minimum est de deux cents francs par mois pour les maîtres d'équipage et de trois cents francs pour les officiers baleiniers.

Mais ce salaire se trouvera sensiblement augmenté pour chaque homme qui fera son devoir, grâce à un système de récompenses et d'amendes, aussi équitables que propres à maintenir l'émulation. Voici ce système.

Tous les jours, devant l'équipage assemblé sur le pont, un officier donnera lecture des travaux accomplis la veille et signalera ceux qui se seront conduits de manière à mériter un éloge. Une prime est affectée à chaque service exceptionnel, suivant l'importance du service, ou pour récompenser un louable effort. Or, comme sur ce champ de bataille où l'homme combat pied à pied les difficultés d'une nature qui oppose sans cesse aux obstacles prévus, de nouveaux et terribles obstacles imprévus, le dévouement, la présence d'esprit, la vaillance, trouveront sans cesse aussi des occasions nouvelles de se manifester.

Contre ceux qui se montreraient timides devant le danger, incertains ou enclins à la désobéissance, M. Gustave Lambert ne veut opposer que le blâme et l'amende.

Les amendes imposées reviendront tout entières à l'équipage, grossissant ainsi, d'autant, la part des plus méritants.

VIII

Se garantir du froid tout en laissant libres les mouvements du corps, tel est le problème de l'équipement des hommes dans la mer Arctique.

Commençons par le bas du corps.

De grands bas d'une laine fine mais corsée. Par-dessus ces bas qui montent jusqu'aux genoux, de forts chaussons de laine. Par-dessus ces chaussons de nouveaux chaussons de même

étoffe venant jusqu'à mi-jambe. Pour chaus-
sure de par-dessus, de fortes bottes en cuir
fourré arrivant jusqu'aux genoux, et dont la
double semelle sera garnie de clous en cuivre,
les clous en fer s'oxydant promptement à la mer.

Pendant les grands froids, il est ordonné de
supprimer tout linge de corps en toile ou en ca-
licot. Il est remplacé avec infiniment d'avantage
par trois ou quatre chemises de laine d'épais-
seurs différentes et superposées, la plus fine sur
la peau. Un fort caleçon de laine, un paletot en
peau d'animal, et par-dessus le paletot un
vêtement enduit d'une substance imperméable
qu'on obtient avec de la graine de lin, tel est le
complément du costume, avec un bonnet en cuir
fourré garni d'oreillettes à rabattements pour
toute coiffure. Afin de garantir les mains qui,
au contact de l'air, se gèleraient en quelques se-
condes, on mettra des mitaines recouvertes de
longs gants de cuir fourré.

Ajoutons que les cheveux et la barbe seront
coupés aux ciseaux — le rasoir rendrait la peau
trop sensible — tous les huit jours pour éviter
les glaçons qui s'attachent aux cheveux et aux
poils du visage quand ils sont longs.

Au pôle plusieurs raisons déterminent la sup-
pression du vin et de l'eau-de-vie.

Donc point de ration pour personne de vin et
d'eau-de-vie, remplacés comme boisson d'ordinaire par une certaine bière très-forte et très-
stomachique fabriquée à bord.

Du thé et du café au gré des hommes qui, en
outre, recevront aux heures de fatigue et d'é-
preuves du vin chaud, du punch et d'autres
breuvages alcooliques ordonnés par l'hygiène.

Quant à la nourriture, elle se composera de
soupe au café, de lard salé, de conserves, parmi
lesquelles figurera l'extrait de viande (*Extrac-
tum carnis Liebig*); plus du bœuf salé et des
pommes de terre en abondance, la pomme
de terre étant antiscorbutique, et le scorbut
étant toujours à craindre dans les longues cam-
pagnes en mer.

Avec cela du biscuit, et le plus souvent possible du pain frais.

L'hivernage dans une expédition telle que la
comprend M. Gustave Lambert, est pour ainsi
dire inévitable, et il serait presque fâcheux, à
un certain point de vue, qu'il pût l'éviter.

Il faut donc supposer un laps de temps de six
mois, au moins, pendant lequel le navire en-
clavé dans les glaces, l'équipage soumis au froid
le plus intense, devra vivre à bord, conserver sa

3

santé et soutenir son moral avec les seules res-
sources du bord.

Dès que l'hivernage est décidé, le capitaine
choisit l'endroit le plus favorable et prend les
précautions nécessaires pour garantir autant que
possible le vaisseau contre la trop grande pression des glaces. A cet effet on l'entoure d'une
véritable fortification de charpente. Puis il est
dégréé, recouvert en entier de grandes et fortes
tentes, pendant qu'on fait, à l'intérieur, dispa-
raître autant que possible, les angles formés par
les cloisons, où se logerait la glace.

IX

Occuper le moral de l'équipage au profit de
son instruction, est un des côtés les plus impor-
tants du programme de M. Gustave Lambert.
Examinons ce programme :

Dès sept heures du matin, — les chronomètres seuls pourront indiquer les heures, puisqu'il
sera *toujours minuit* là-bas, — il y aura conseil
des officiers présidés naturellement par le capitaine.

Ensuite conseil d'hygiène par les médecins.

Puis on remontera les chronomètres, et des

observations météorologiques seront faites par
les uns, pendant que d'autres présideront, sur le
pont, aux exercices de gymnastique obliga-
toires.

La soupe au café sera servie alors.

Ce premier repas pris, le bâtiment se trans-
formera en Sorbonne.

Des cours réguliers, sérieux, auront lieu pour
l'instruction de tous les hommes. Les officiers
et les médecins deviendront autant de profes-
seurs de l'université du navire boréal.

Quelle instruction sera plus solide et plus va-
riée : Cours de morale et de littérature;— Cours
de mathématiques à différents degrés ; — Pré-
paration aux grades de capitaine au long cours
et de maître en cabotage; — Cours d'astronomie, de physique, de chimie, de géologie, de
minéralogie, de botanique, de dessin et de musique vocale. Pour les matelots sans aucune
instruction, s'il s'en trouve, on fera des cours
élémentaires de lecture, d'écriture et de calcul.

Ce n'est pas tout.

Un journal, un vrai journal auquel je vou-
drais bien être abonné, littéraire et scientifique,
ayant pour rédacteur en chef M. Gustave Lambert et pour collaborateurs tous ceux qui se
sentiront capables d'écrire et dont les articles

seront acceptés, paraîtra tous les huit jours au-
tographié, et sera distribué gratis à chaque
homme.

Si le journal n'est pas politique, c'est que les
changements de ministère perdent de leur in-
térêt au pôle et que l'agence Havas ne va pas
jusque là.

M. Lambert qui, pour se distraire de ses travaux scientifiques alors qu'il était encore
dans les écoles, a écrit six ou sept drames,
trouvera dans les glaces polaires une belle oc-
casion de se faire jouer.

Si, par une semblable latitude, le public ne
reste pas froid aux représentations dramati-
ques, c'est qu'il y aura de la chaleur dans le
style des drames.

On jouera aussi le vaudeville et peut-être
même l'opérette afin que M. Offenbach étende
son empire au-delà des mondes habités.

Enfin les livres d'une bibliothèque de choix
seront mis à la disposition de tous, et il sera
permis de faire la partie de dames, de dominos
et d'échecs.

Les cartes seront rigoureusement prohibées,
et défense expresse sera faite de jouer de l'ar-
gent.

X

. . . .

. . . .

... ...res de mélancolie, de crainte, de re-
gret ou de désespérance, quand l'âme émue
vibre péniblement aux souvenirs qui lui sont
chers, — la patrie, la famille, le soleil ! — et
que l'esprit retourne au Créateur en l'implo-
rant, le marin, au pôle, a pour temple les
profondeurs du ciel étoilé, l'infini qui l'entoure
de partout et le silence de la nature.

« Le ciel et la terre se taisent « écrit le poëte
philosophe de Child Harold » tout est concentré
dans une vie intense, en laquelle il n'est pas un
rayon, pas un souffle, pas une feuille qui n'ait
sa part d'existence, et ne sente la présence de
l'Être créateur et conservateur de toute chose.
Alors s'éveille ce sentiment de l'infini que nous
éprouvons dans la solitude, là où nous sommes
le moins seuls; c'est la vérité qui s'infuse dans
notre être et le purifie du moi personnel; c'est
une vibration, âme et source de la musique,
qui nous initie à l'éternelle harmonie, répand
autour de nous un charme pareil à la ceinture
...ouleuse de Cythérée, unissant toutes choses
dans les liens de la beauté, et qui désarmerait

jusqu'au spectre de la mort, si sa puissance était
matérielle. Combien ils eurent raison, les anciens Persans, de lui donne   autels les
hauts lieux et le sommet des mon   sourcilleux,
et de ne point emprisonner dans des murailles
le culte de l'esprit qui n'est honoré qu'impar-
faitement dans des sanctuaires élevés par la
main des hommes. Comparez vos colonnes, vos
temples grecs ou gothiques, destinés à abriter
des idoles, avec l'air et la terre, et gardez-vous
de circonscrire la prière dans une étroite en-
ceinte. »

Le marin polaire répétera ces graves et mé-
lancoliques paroles, et dans le silence d'une
nuit de six mois éclairée par la lune et les ar-
chipels d'étoiles qui peuplent l'océan infini de
l'éther, il chantera d'une voix douce et exta-
tique avec le poëte des *Mélodies irlandaises :*

« Il n'est rien de brillant que le ciel. L'éclat
des ailes de la gloire est faux et passager comme
les teintes pâlissantes des rois; les fleurs de
l'amour, de l'espérance, de la beauté s'épa-
nouissent pour la tombe : il n'est rien de brillant que le ciel. »

OSCAR COMETTANT.

LISTE

COMITÉS DE PATRONAGE

INSTITUÉS JUSQU'A CE JOUR

DANS LES DIFFÉRENTES VILLES DE FRANCE

POUR L'EXPÉDITION AU POLE NORD

Sous le commandement de M. GUSTAVE LAMBERT

Le Chef de l'État, après un examen attentif du projet,
en a manifesté sa haute et complète approbation, et en
a autorisé l'expression publique.

LA SOCIÉTÉ DE GÉOGRAPHIE

SON APPEL AU PUBLIC.

Depuis les voyages de Barentz, d'Hudson et de Baffin, vers le
commencement du XVIIe siècle, de vains et nombreux efforts ont
été tentés pour parvenir jusqu'au pôle nord.

Dans la première moitié de notre siècle, ces efforts ont redoublé
d'énergie, en consacrant les noms principaux des deux Ross, de
Parry, Franklin, Austin, Penny, de Haven, Kennedy, Belcher,
Kellet, Ommaney, Collinson, Mac-Clure, Ingletield, Kane, Mac-
Clintock, etc.

Le but spécial de la plupart de ces expéditions était de trouver
un passage direct et commercial pour pénétrer de l'Atlantique
dans le Pacifique, soit par le Nord-Ouest, soit par le Nord-Est.

A la suite de la douloureuse issue du voyage de Franklin, et au
retour des expéditions envoyées à sa recherche, pendant plus de
dix ans, on a paru abandonner tout nouveau projet.

En 1865, le capitaine de vaisseau Sherard Osborne, de la marine
britannique, proposa une nouvelle tentative par le détroit de
Smith, au nord du Groënland, en reprenant à peu près les traces
de l'Américain Elisha Kane.

Ce projet, accueilli dès le début par de chaleureuses sympathies,
fut combattu par le docteur Augustus Petermann, géographe alle-
mand, qui recommandait de préférence la route entre le Spitzberg et la Nouvelle-Zemble, en revenant à la voie de Barentz.

Aujourd'hui, un hydrographe et navigateur français, ancien
élève de l'Ecole polytechnique, M. Gustave Lambert, propose une
direction entièrement nouvelle, par laquelle il n'a jamais été fait

aucune tentative, en partant du détroit de Behring pour atteindre la Polynia, mer reconnue libre, et, de là, le pôle nord même.

Ce projet, fondé sur des observations pratiques recueillies par M. Lambert lui-même bien au delà du détroit de Behring, étayé de considérations théoriques remarquables, et dont tout semble garantir l'exactitude, a rallié les suffrages des hommes les plus compétents.

Un comité de patronage a été constitué pour faire appel à tous ceux de nos concitoyens qui s'intéressent aux progrès de la science, et qui seraient heureux de voir une pareille entreprise menée à bonne fin à l'honneur du pavillon national.

L'importance scientifique exceptionnelle de cette expédition dont le succès inscrirait dans nos annales une date mémorable, puisqu'il s'agit de résoudre le plus grand problème géographique que notre siècle puisse se poser, nous fait espérer qu'en France on saura répondre à notre libre appel.

UNE SOUSCRIPTION PUBLIQUE EST OUVERTE :

Dans les bureaux de la Société de géographie (adresser les lettres à l'agent de la Société, rue Christine, 3).

Les fonds seront versés :

Au siége de la Société générale pour favoriser le développement du commerce et de l'industrie, rue de Provence, 68, et chez les divers agents et correspondants de cette Société ;

Au Comptoir d'escompte, rue Bergère, 14, et dans les diverses succursales.

Dès que la souscription aura atteint le chiffre minimum jugé nécessaire pour une expédition d'un caractère exclusivement scientifique, il sera procédé à l'armement spécial d'un navire, par les soins de M. Gustave Lambert, chef de l'Expédition, sous le contrôle du comité de surveillance, et avec le concours technique d'un armateur qui sera désigné par le comité.

En sus du personnel maritime, des savants spéciaux seront attachés à l'Expédition.

Si le montant des souscriptions était insuffisant, il serait procédé au remboursement *intégral* de chaque souscription.

Au patronage de la *Société de géographie* est venu se joindre celui de
L'ASSOCIATION SCIENTIFIQUE DE FRANCE.

LISTE DES NOMS

COMPOSANT LES DIVERS COMITÉS.

PARIS.

MM. D'Abbadie, membre de l'Institut ; D'Avezac, membre de l'Institut ; Babinet, membre de l'Institut ; Élie de Beaumont, membre de l'Institut , sénateur ; Becquerel , membre de l'Institut ; Edmond Becquerel, membre de l'Institut ; Émile Blanchard , membre de l'Institut ; Edouard Charton, correspondant de l'Institut ; le marquis de Chasseloup-Laubat, sénateur, ancien ministre de la marine, président de la Société de géographie ; Michel Chevalier, membre de l'Institut, sénateur ; Augustin Cochin, membre de l'Institut ; Combes, membre de l'Institut, inspecteur général des mines ; Eugène Cortambert, conservateur des cartes à la Bibliothèque impériale ; Paul Dalloz, directeur du *Moniteur universel* ; Mgr Darboy, archevêque de Paris ; Daubrée, membre de l'Institut, inspecteur général des mines ; Decaisne, membre de l'Institut ; Delaunay, membre de l'Institut, membre du bureau des Longitudes ; Desnoyers, membre de l'Institut, bibliothécaire du Muséum ; Ch. Sainte-Claire Deville, membre de l'Institut ; Henri Sainte-Claire Deville, membre de l'Institut ; Drouyn de Lhuys, membre de l'Institut, sénateur, membre du Conseil privé ; Jules Duval, vice-président de la commission centrale de la Société de géographie ; le général Favé, commandant l'Ecole Polytechnique, aide de camp de l'Empereur ; Faye, membre de l'Institut, membre du bureau des Longitudes ; Fremy, membre de l'Institut ; Claude Gay, membre de l'Institut ; Emile de Girardin ; le vicomte de la Guéronnière, sénateur ; Adolphe Guéroult, député au Corps législatif ; Guizot, membre de l'Institut, ancien président du Conseil des ministres ; Havin, député au Corps législatif ; Herbet, conseiller d'Etat, ministre plénipotentiaire ; Laugier, membre de l'Institut, membre du bureau des Longitudes ; Léonce de Lavergne, membre de l'Institut ; le général Lebœuf, aide de camp de l'Empereur ; Lefebvre-Duruflé, sénateur, ancien ministre des travaux publics ; le duc de Luynes ; Malte-Brun, secrétaire général honoraire de la Société de géographie ; Xavier Marmier, membre de l'expédition du Spitzberg, bibliothécaire à Sainte-Geneviève ; Jules Marcou, membre du comité de la Société de géologie ; Mathieu, membre de l'Institut, membre du bureau des Longitudes ; Henri Martin, auteur de l'*Histoire de France* ; Charles Martius, professeur à la Faculté de médecine de Montpellier, correspondant de l'Institut, expédition du Spitzberg ; Charles Maunoir, secrétaire général de la Société de géographie ; Alfred Maury, membre de l'Institut ; Milne-Edwards, membre de l'Institut ; Mgr Place, évêque de Marseille ; Michel Poisat, ancien député, administrateur des chemins de fer du Nord et de Lyon ; De Quatrefages, membre de l'Institut, président de la commission centrale de la Société de géographie ; Regnault, membre de l'Institut ; Renou, membre de la Société de météorologie ; De la Roquette, doyen et président honoraire de la Société de géographie ; Roulin, membre de l'Institut, bibliothécaire de l'Institut ; Léon Say, administrateur du chemin de fer du Nord ; De Sauley, membre de l'Institut, sénateur ; Dortet de Tessan, membre de l'Institut ; De Vernenil, membre de l'Institut, président de la Société de géologie ; Yvon Villarceau, membre de l'Institut, membre du bureau des Longitudes ; Vivien de Saint-Martin.

Comité de surveillance.

MM. Le marquis de Chasseloup-Laubat, président de la Société de géographie ; De Quatrefages, de l'Institut, président de la Commission centrale ; D'Abbadie, de l'Institut ; D'Avezac, de l'Institut ; Daubrée, de l'Institut ; Jules Duval ; Langier, de l'Institut ; Alfred Maury, de l'Institut ; Vivien de Saint-Martin ; Charles Maunoir , *secrétaire-trésorier.*

AGEN.

MM. Lorette, préfet, *président honoraire* ; Noubel, député au Corps législatif, maire de la ville d'Agen, *président* ; L. de Trenqueléon, conseiller général, *vice-président* ; Magen, secrétaire de la Société d'agriculture, *vice-président* ; Aunac, membre du Conseil général ; Billard, ingénieur en chef ; Catuffe, proviseur du lycée ; Crosson, inspecteur d'Académie ; Deserimes, sous-intendant militaire ; Drème, premier avocat général ; Gladi, avocat ; Labat, conseiller à la Cour impériale ; De Laffore, avocat, adjoint au maire ; Lacroix, ingénieur en chef ; De Laffitte-Lajoannenque, conseiller général ; Lérou, négociant, adjoint au

maire ; Menac, vicaire général du diocèse ; Marre, prêtre, sous-directeur de l'École Saint-Caprais ; Massias, négociant, président du Tribunal de commerce ; Oberkamp, propriétaire ; Famin, directeur de la
succursale de la Banque de France, *trésorier* ; Peyronnet, professeur
d'histoire au lycée, *secrétaire*.

AIX.

Mgr Chalandon, archevêque d'Aix, *président honoraire* ; MM. Vieille,
recteur de l'Académie d'Aix, *président* ; De Fonvert, président de l'Académie d'Aix, *vice-président* ; De Saporta, secrétaire annuel de l'Académie, *vice-président* ; Ch. de Ribbe, membre du Conseil municipal,
secrétaire ; Boissard, avocat général à la Cour impériale ; Bonafous,
doyen de la Faculté des lettres ; Boyer (l'abbé), professeur à la Faculté
de théologie ; Cabantous, doyen de la Faculté de droit ; De Falbaire,
président du Comice agricole ; Léopold De Fabry, ancien capitaine
d'artillerie ; De Séranon, membre du Conseil municipal ; Féraud
Giraud, membre du Conseil général ; Claudio Jannet, avocat à la Cour
impériale ; Monnot des Angles, principal du collège d'Aix ; Monan, secrétaire perpétuel de l'Académie d'Aix ; Pascal Roux, maire d'Aix ;
Rigaud, premier président de la Cour impériale d'Aix ; Schlemmer, ingénieur des ponts et chaussées ; Vidal, sous-préfet d'Aix.

ANGOULÊME.

MM. Péconnet, préfet de la Charente, *président d'honneur* ; P. Suze-
rac de Forge, maire d'Angoulême, *président* ; Bourzac, proviseur du
lycée ; Broquisse, conseiller municipal ; Callaud, conseiller municipal ;
Carissan, professeur d'histoire ; Chasseignac, secrétaire-général à la
préfecture ; Cueille, chef de division à la préfecture ; Daras, ancien
officier de marine, conseiller municipal ; Dutemps du Grie, colonel,
directeur de la fonderie de Ruelle ; Hazard, adjoint au maire ; Julien-
Lafferrière, officier supérieur de marine ; Jure, administrateur des hos-
pices ; Lacroix, adjoint au maire ; Victor Laurent, entrepreneur de
travaux ; Levert, ingénieur en chef ; Liédot, ancien payeur, conseiller
municipal ; Lombardenu, sous-directeur de la fonderie de Ruelle ;
Montagne, chef d'institution ; Nadaud, bibliothécaire de la ville ; Salvet,
curé de la cathédrale ; Taillasson, négociant ; Tavernier, trésorier-
payeur général

AVIGNON.

MM. J. Verdet, ancien président de la Chambre de commerce, *président* ; Marquis de l'Espine, président de la Société d'Agriculture de
Vaucluse, *vice-président* ; Henri Berton, négociant, *trésorier* ; Frédéric
Fabre, directeur des Docks Vauclusiens, *secrétaire* ;
MM. Nicolaï, général, commandant la subdivision ; Fréd. Granier,
président de la Chambre de commerce, ancien député ; De Ronvière,
lieutenant-colonel du génie en retraite ; Gabr. Verdet, président du
Tribunal de commerce ; Vicomte de Laborde St-Clair, ancien officier
de marine ; De Beaumefort, ancien officier ; John King, négociant ; Baron de Saint Laurent, ancien capitaine d'état-major ; Émile Goudareau,
négociant ; Lauriol, docteur-médecin ; Palun, adjoint à la mairie ;
De Banières, lieutenant de vaisseau ; Brunet, peintre ; Sainte-Beuve,
commandant du génie ; Baron de Roubin, propriétaire ; J. Thomas, négociant ; Hischclerg, sous-intendant militaire ; Louis Cartier, propriétaire ; Xavier Chapoтом, armurier ; Chabenud, négociant.

BÉZIERS.

MM. Maurice Lagarrigue, maire, *président* ; Auguste Alengri, adjoint,
président du Cercle du commerce, *vice-président* ; Lefebvre, conseiller
municipal, directeur de la Société générale du commerce et de l'industrie, *trésorier* ; Alfred Crouzat, membre de la Société météorologique de France, *secrétaire* ; Desuix (le baron), sous-préfet ; Cavaillér,

président du Tribunal civil, conseiller municipal ; Durivage, président du Tribunal de commerce, conseiller municipal ; Ducos de la Hitte, receveur particulier ; Henry, juge de paix ; Durand, archiprêtre, curé de Saint-Nazaire ; Fabre, curé de Saint-Aphrodise ; D'Estève, curé de Saint-Jaques ; Reynis, curé de Saint-Jude ; Jaubert, ministre des protestants et président de leur Société de secours mutuels ; Ernest Perréal, président de la loge des Francs-maçons ; Marthe, lieutenant de vaisseau en retraite ; Maffre, bâtonnier de l'ordre des avocats ; Hortala, président de la Chambre des avoués ; Caron, avocat, président de la Société archéologique ; E. Giret, président de la Société du Salon : Eugène Genson, trésorier de la Société du Salon ; Tronche, principal du Collège ; Portes (l'abbé), directeur de l'Ecole de la Trinité ; Louis Bonnet, propriétaire, conseiller municipal ; Chuchet, propriétaire, conseiller municipal ; Rozier, notaire, conseiller municipal ; David, inspecteur de l'exploitation des chemins de fer du Midi ; Chauvisé, ingénieur en chef des ponts et chaussées ; Dellon, ingénieur du service maritime ; Lanteirès, ingénieur des ponts et chaussées ; Vinas, agent-voyer d'arrondissement ; Gély neveu, négociant, juge au Tribunal de commerce ; Louis Barran, architecte ; Casimir Lacroix, docteur en médecine ; Paul Sabatier, propriétaire ; Justin Heirisson, membre de la Société archéologique ; Edmond Dufour, propriétaire ; Prosper Delhon, docteur en médecine ; les présidents des Sociétés de secours mutuels ; carriers, tanneurs, anciens militaires, tailleurs de pierre, tonneliers, cultivateurs et laboureurs.

BLOIS.

MM. De Soubeyran, préfet de Loir-et-Cher, *président ;* Riffault, maire de Blois, *vice-président ;* Alboise du Pujol, inspecteur de l'Académie ; de la Bassetière ; Besnard, président du Tribunal civil de Blois ; Tony Blanchon, docteur-médecin, membre de la Société de Géographie ; Duchalais, président du Tribunal de commerce de Blois ; Dufay, docteur-médecin, à Blois ; Jollois, ingénieur, président de la Commission météorologique de Loir-et-Cher ; Maigne, trésorier-payeur général de Loir-et-Cher ; Maitrot de Varennes, ingénieur en chef des ponts et chaussées ; Meurville, notaire, membre du Conseil général de Loir-et-Cher ; de la Morandière, architecte ; Pelletier, procureur impérial près le Tribunal civil de Blois ; Pousset, banquier à Blois ; Reber, professeur d'histoire et de géographie au Collège de Blois, membre de la Société des sciences et lettres de Blois ; le comte de Sers, membre du Conseil général de Loir-et-Cher ; le marquis de Vibraye, membre correspondant de l'Institut ; Brillard, adjoint au maire de Blois, *secrétaire-trésorier.*

BORDEAUX.

MM. le Comte de Bouville, préfet de la Gironde, *président honoraire du Comité ;* le comte de Kercado, membre de la Société linnéenne de Bordeaux, *président du Comité ;* Abria, doyen de la Faculté des sciences de Bordeaux ; Bellier, chef de la division centrale des chemins de fer du Midi ; Bethmann, maire de la ville de Bordeaux ; Blanchy, président du Tribunal de commerce ; Brochon, conseiller à la Cour impériale ; Cortès, membre du Conseil général de la Gironde ; le général de division Daumas, sénateur, président de la Société linnéenne de Bordeaux ; Dietz, négociant.

S. Em. Mgr Donnet, sénateur, archevêque de Bordeaux.

MM. Dubreuilh, adjoint au maire de Bordeaux ; Hautreux, directeur des mouvements du port de Bordeaux ; Jardin, inspecteur de la marine impériale, membre de la Société linnéenne de Bordeaux ; Nath. Johnston, négociant ; de Lacolonge, président de l'Académie des sciences, belles-lettres et arts de Bordeaux ; Adrien Léon, négociant ; Henry Léon, négociant ; Le Roy juge d'instruction, membre de la Société linnéenne de Bordeaux ; Lespiault, professeur d'astronomie à la Faculté des sciences de Bordeaux ; de Lioncourt inspecteur des douanes ; Pastoureau,

ingénieur en chef des chantiers de l'Océan; Piganeau, banquier; Ra-
theau, commandant du génie; Roux, syndic des assurances; Tartara,
commissaire de l'Inscription maritime; Wolff. ingénieur des ponts et
chaussées; Zevort, recteur de l'Académie de Bordeaux; Samy, prépa-
rateur d'histoire naturelle, membre de la Société linnéenne de Bordeaux, *secrétaire du Comité*; Jolivet, trésorier des Invalides de la marine, *trésorier du Comité*.

BOURG.

MM. Le Peintre, préfet de l'Ain, *président d'honneur*; Dupré, maire
de Bourg, *président*; Rodet, président de la Société d'émulation, *vice-
président*; Barlatier de Mas, ingénieur des ponts et chaussées, *secrétaire*; Tiersot, receveur municipal, *caissier*; D'Auferville, procureur
impérial; Basin, ingénieur des ponts et chaussées; Bandart, ingénieur
en chef des ponts et chaussées; De La Boulaye, membre du conseil général; Chanut, membre du Conseil municipal; Edmond Chevrier, adjoint, vice-président de la Société d'émulation; Dufour, membre du
Conseil général, rédacteur du *Courrier de l'Ain*; Fournier, inspecteur
des écoles primaires; Guillon, avocat, membre du Conseil général de
l'Ain; Jarrin, secrétaire de la Société d'émulation de l'Ain; Jeandet,
président du Tribunal, *président du Comité*; Milliet, rédacteur du *Journal de l'Ain*; Munier, proviseur du lycée; Olivier, inspecteur d'Académie; Petetin, membre du Conseil municipal; Ernest Varenne de Fe-
nille, président du Conseil de préfecture; Vincent, directeur de l'École
normale; André, maire de Pont-de-Vaux; Bas, maire de Saint-Trivier-
de-Courtes, Rozonnet, maire de Montrevel; Chanel, maire de Treffort;
Callet, maire de Bâgé-le-Châtel; Convert, maire de Coligny; Convert,
maire de Pont-d'Ain; Dombey, maire de Pont-de-Veyle; Jayr, maire
de Ceyzériat; Mingret, maire de Grièges.

COLMAR.

MM. Dollfus-Ausset, géologue et manufacturier, *président*; Rader, directeur de l'*Industriel alsacien*; Bourlot, professeur de mathématiques
au Lycée; Auguste Dollfus, président de la Société industrielle de Mulhouse; C. Dollfus-Galline, manufacturier à Mulhouse; Engel-Dollfus,
vice-président de la Société des bibliothèques populaires; le docteur
Faudel, secrétaire de la Société d'histoire naturelle de Colmar; Hirn.
membre correspondant de l'Institut; Lefébure. député au Corps législatif; Lesslin, propriétaire à Sainte-Marie-Aux-Mines; Liblin, directeur
de la *Revue d'Alsace*; le docteur Penot, directeur de l'École supérieure
de commerce; H. de Peyerimhoff, maire de Colmar; Renault, ingénieur
des ponts et chaussées, à Belfort; Robin, ingénieur civil au Logelbach;
Tachard, propriétaire à Niedermorschviller; Charles Thierry-Mieg,
manufacturier à Mulhouse; Charles Grad, *secrétaire*.

HAVRE.

MM. Joret des Closières, sous-préfet du Havre, *président honoraire*;
E. Larue, maire du Havre, *président*; Mazeline aîné, adjoint; Brument,
adjoint; Collard, adjoint; Léon Brindeau, adjoint; Faron, commissaire
général de la marine; Th. Ferrère, président de la Chambre de commerce; Buchère, président du tribunal civil; Meslay, vice-président
du tribunal civil; Vaulogé, procureur impérial; E. Lecoq, président
du tribunal de commerce; Durand, directeur de la douane; Hérard,
ingénieur en chef des ponts et chaussées; Guillemaut, colonel, directeur de l'artillerie; Potel, lieutenant colonel, directeur du
génie; Bazan, membre du conseil municipal; Barbel, assureur maritime; Emile Bossière, armateur; H. Carpentier, directeur gérant du
Courrier du Havre; G. Cazavan, gérant du *Journal du Havre*, conseiller général et membre du conseil municipal; Fréd. de Conink, armateur; Fines, inspecteur principal des Douanes; Fontanès, président du
Consistoire; Gaudibert père, de la maison Masurier le jeune et fils,

armateurs ; Guerrand, avocat, membre du conseil municipal ; Guille-
mard, membre du conseil municipal et du conseil d'arrondissement ;
J. Heuzey banquier ; G. Labottière ainé, rédacteur du *Courrier du
Havre* : M. Lecadre, oncle, médecin, président de la Société d'Etudes
diverses ; Lefebure, président du Cercle d'Horticulture ; Le Minihy, capitaine-expert du Tribunal de commerce ; Lennier, conservateur du
Musée ; Letellier, capitaine-expert du Tribunal de commerce ; Marcel,
notaire, membre du conseil municipal ; Masquelier, membre de la
Chambre de commerce ; Merville, syndic des courtiers ; Mignot, gérant
et rédacteur du journal l'*Arrondissement du Havre* ; Millet-Saint-Pierre,
assureur, archiviste de la Société d'Etudes diverses ; Nicole, directeur
de l'Exposition maritime du Havre ; Onizille, avocat, membre du conseil municipal ; Peulevey, avocat, membre du conseil municipal ; Jules
Peulvé, armateur, membre de la Chambre de commerce ; Albert Per-
quer, armateur ; Prudhomme, gérant du journal l'*Echo du Havre* ;
Robert Quesnel, armateur ; E. Regnier, directeur du Crédit havrais ;
Roquencourt, rédacteur du journal l'*Echo du Havre* ; Russell, de la
maison Thomas Lachambre et Cⁱᵉ, armateurs ; Félix Ribeyre, rédacteur
en chef du *Courrier du Havre* ; Santallier, rédacteur au *Journal
du Havre* ; Sauvlon, proviseur du lycée ; Toussaint, avocat, bâtonnier de l'ordre ; Wanner, armateur ; Winslow, armateur ; Wouters,
ancien président du tribunal de commerce, membre du conseil municipal et de la Chambre de commerce.

MARSEILLE.

MM. Armand, président de la Chambre de commerce, *président* ;
Morren, doyen de la Faculté des sciences, *vice-président* ; Léopold
Ménard, président de la Société de statistique, *vice-président* ; Léon
Vidal, annotateur de la Société de statistique, *secrétaire* ; Gibert, trésorier de la Chambre de commerce, *trésorier* ; Aoust (l'abbé), professeur à la Faculté des sciences ; Emile Barlatier, directeur du *Séma-
phore* ; Alphonse Baux, membre de la Chambre de commerce ; Henri Ber-
gasse, membre de la Chambre de commerce ; Emile Darier, négociant ;
Henri Estrangin, négociant ; Cyprien Fabre, membre de la Chambre de
commerce ; Falin, membre de la Société de statistique ; Faujoux, directeur des forges et chantiers de la Méditerranée ; Jules Gimmig,
vice-président de la Chambre de commerce ; Grenier, proviseur du lycée de Marseille ; Henricy-Bey, membre de la Société de Géographie ;
Maurin, docteur, secrétaire général de la Société de statistique ; Mayer,
directeur du *Nouvelliste* ; Etienne Mouttet, directeur du *Courrier de
Marseille* ; Henri Olive, rédacteur de la *Gazette du Midi* ; Ouvré, professeur à la Faculté des sciences ; Pascal, ingénieur en chef des services
maritimes ; Benjamin Poncel, membre de la Société de statistique ;
Prou-Gaillard, membre du Tribunal de commerce ; Arthur Taylor,
sous-directeur des forges et chantiers.

MONTAUBAN.

MM. Prax-Paris, maire de Montauban, *président* ; Belvèze, capitaine
en retraite ; Biermann, ingénieur des ponts et chaussées ; De Broca,
président de la Société des sciences, lettres et arts du Tarn-et-
Garonne ; Buscon, juge de paix ; De Buisson d'Aussonne (le chanoine) ;
Cambon de Lavalette, juge ; Celières, secrétaire général de la préfecture ; De Cours de Labarthe, inspecteur d'Académie : De Coustou-
Coysevox, directeur du *Moniteur de l'archéologue* ; Devals, archiviste,
secrétaire général de la Société archéologique ; Donnere, négociant ;
membre du Conseil municipal ; Henri D'Elbreil, Forestié neveu, directeur du *Courier de Tarn-et-Garonne* ; De France, officier de marine
en retraite ; Victor Garisson-Lacoste, président du Tribunal de commerce, *trésorier du Comité* ; Gustave Garrisson, propriétaire ; Gruyer
(le baron), trésorier-payeur général ; Louis Guiraud (le docteur) ; Lecroq,
proviseur du collège ; Moneau, directeur à la Faculté ; Nicolas, profes-

seur de philosophie ; le général Plombin , commandant la subdivision ;
Portal, président de la Chambre de commerce ; Pottier (l'abbé), président de la Société archéologique ; Léon Rattier (le docteur), vice-président de la Société archéologique ; Sarrut , procureur impérial ;
Schlæsing, ingénieur en chef ; Emmanuel Solleville, vice-président de
la Société des sciences; Eugène Tauplac, vice-président du Tribunal
civil ; La Société archéologique de Tarn-et-Garonne.

MONTPELLIER.

MM. Donné, recteur de l'Académie, *président*; Gaston Bazille, adjoint
au maire; Bertin, docteur en médecine, secrétaire-général de la Société
de médecine et de chirurgie pratiques; Déchamp, professeur de chimie
à la Faculté de médecine; Aug. Rimar, propriétaire; Camboulin, professeur à la Faculté des lettres; Castan, professeur agrégé, vice-président de la Société de médecine et de chirurgie pratiques; Frédéric
Cazalis, conseiller de préfecture; Chancel, doyen de la Faculté des
sciences; Germain, doyen de la Faculté des lettres ; A. de Ginestous,
propriétaire ; Girbal, professeur agrégé à la Faculté de médecine ; Paul
Glaize, avocat; Gras, directeur du *Messager du Midi*; Leenhardt, président du Tribunal de commerce; Henri Marès, membre du Conseil général ; Marion, professeur au lycée; Michel, ingénieur des ponts et
chaussées; Henri Pagezy, président de la Chambre de commerce; Plan-
chon, directeur de l'École de pharmacie; Pommier-Layrargues, propriétaire; Roche, professeur de mathématiques à la Faculté des sciences;
Kuhnholtz, propriétaire, bibliothécaire de la Faculté de médecine, *trésorier*; Lallemand, professeur de physique à la Faculté des sciences,
secrétaire.

NARBONNE.

MM. Amardel, adjoint au maire ; Thomas Auger, capitaine au long
cours ; L. Berthomieu, officier de marine : Gabriel Birat, président de
la Commission archéologique; Ch. de Stadien, président du Tribunal
de commerce ; Tournal, membre de la Société géologique de France.

NIMES.

MM. Boffinton, préfet du Gard, *président d'honneur*; Balmelle, premier adjoint au maire de Nimes, *président d'honneur*; Léonce Guiraud,
président de la Chambre de commerce, *président*; Aurès, ingénieur en
chef des ponts et chaussées, *vice-président*; Henri Michel, président du
Tribunal de commerce, *vice-président*; l'abbé Azaïs, aumônier du lycée;
Philippe Arnaud, banquier; Chardon, négociant, président de la Société
d'horticulture; Marcellin Clavel, propriétaire-gérant du *Courrier du
Gard*; Courcière, professeur de physique au lycée; Dombre, ingénieur
en chef de la Compagnie Paris-Lyon-Méditerranée; Flaissier aîné, négociant, président du conseil des prudhommes; Flonest, procureur
impérial; Garnier-Lombard, négociant; Samuel Guérin, négociant;
Leidhéric, ingénieur des ponts et chaussées; Maumenet fils, banquier,
membre de la Chambre de commerce; Mazel, docteur-médecin; Émile
Mourier, propriétaire; Prosper Pallier, négociant, membre de la Chambre de commerce; Pelon, président de chambre à la Cour; Quénault
des Rivières, proviseur au lycée; Ernest Rédarès, avocat; Henri Ré-
voil, architecte; Roman père, adjoint au maire; Rouvière-Cabane, négociant; Saguier-Teulon, négociant; Sambucy, notaire; De Sonnay,
général de brigade, commandant la subdivision du Gard; Alfred
Silhol, propriétaire ; Thouvenot, ingénieur des ponts et chaussées ;
Ariste Viguié, président du Consistoire; Adolphe Nègre, banquier,
administrateur de la Banque, *trésorier*; Gustave Merle, avocat, *secrétaire*.

ORLÉANS.

MM. Dureau, préfet du Loiret, *président*; Viguat, maire d'Orléans,
vice-président; Richault, président du Tribunal de commerce ; de Sainte-

Marie, président honoraire à la Cour impériale, président de la Société des sciences et arts d'Orléans; Félix Porcher, président honoraire à la Cour impériale; Germon, président de la Chambre de commerce; Boucher de Molandon, président de la Société archéologique de l'Orléanais; Sainjon, ingénieur des ponts-et-chaussées; Tranchau, proviseur du lycée d'Orléans; Bouchet, directeur des contributions directes, à Orléans; Marienot-Vayssié, capitaine au long cours; Loiseleur, bibliothécaire de la ville d'Orléans, *trésorier-secrétaire du Comité.*

SAINT-ÉTIENNE.

MM. Francisque Balay, député au Corps législatif; Benoit Charvet, maire de la ville de Saint-Étienne; Pallnat de Hesset, président de la Chambre de commerce; Eunemond Richard, de Saint-Chamond, vice-président de la Chambre de commerce; Antonin Robichon, fabricant de rubans, *trésorier du Comité*; Dupont, directeur de l'École des mines; le docteur Maurice, secrétaire-général de la Société impériale d'agriculture, arts, sciences et belles-lettres; Escoffier, entrepreneur de la Manufacture impériale d'armes; Élie de Montgolfier, ingénieur au corps impérial des mines; Janicot, président de la Société d'enseignement pro ~ionnel; Chapon, président de la Société du tir stéphanois; H· directeur de la Compagnie des mines; Cunit, avocat à Saint-É Antony Barallon, fabricant de rubans; Mazerat, architecte de .. de Saint-Étienne; De Rivière, directeur de la Compagnie des mines de Roche-la-Mollère et Firminy; Vital de Rochetaillée, propriétaire à Nantas; Claudius Gérentet, fabricant de rubans; Gerest, fabricant d'armes à Saint-Étienne; Charles Gaches, rédacteur en chef du *Mémorial de la Loire*; Bayle, directeur des houillères de Saint-Étienne; Vier, secrétaire du Comité des houillères; Evrard, directeur des mines de la Chazotte; Lacroix, fabricant de rubans.

TOULON.

MM. Le commandant F. Maury, des États-Unis, *président d'honneur*; Jacquinot, vice-amiral, *président*; Audemar, maire; Baysselance, ingénieur de la marine; Hérard, commissaire général de la marine; Brnniquel, ingénieur des ponts et chaussées; Duval, lieutenant de vaisseau; Margollé, lieutenant de vaisseau en retraite, adjoint au maire; Noël, inspecteur général des ponts et chaussées, conseiller municipal; Pons Peyrue, président de la Chambre de commerce; Richard, chef de bataillon du génie en retraite, président de la Société académique du Var; Thanaron, capitaine de frégate en retraite; Zurcher, lieutenant de vaisseau en retraite, capitaine du port de commerce, *secrétaire-trésorier du comité.*

TOULOUSE.

L'Académie des sciences, inscriptions et belles-lettres; La Société d'histoire naturelle.

MM. Daguin, professeur à la faculté des sciences, directeur de l'Observatoire, *président du Comité*; docteur Armieux, médecin-major de 1ʳᵉ classe; Barry, professeur à la faculté des lettres; Bonnal, directeur de la *Revue de Toulouse*; Clos, professeur à la faculté des sciences, directeur du Jardin des plantes, président de l'Académie des sciences; abbé Dnilhé de Saint-Projet; docteur Desbarreaux-Bernard, professeur honoraire à l'École de médecine; baron Dupérier, conseiller général de la Haute-Garonne, président de la Société archéologique du Midi; docteur Filhol, professeur à la Faculté des sciences, directeur de l'École de médecine, maire de Toulouse; docteur Gourdon, professeur à l'École vétérinaire; Gousset, proviseur du Lycée impérial; Docteur N. Joly, professeur à la Faculté des sciences et à l'École de médecine; Leymerie, professeur à la Faculté des sciences; comte de Lorencez, général de division; Louis de Malafosse; docteur Marchant, directeur de l'asile des aliénés, président de la Société de médecine, de chirurgie et de pharmacie; Ferdinand Pagès (de l'Ariége); Armand Peyre, banquier; Jacques Piou, avocat; Paul de Rémusat; de Resseguier, secrétaire perpétuel de l'Académie des Jeux floraux; docteur Rozy, professeur à la Faculté de droit; Roustan, recteur de l'Académie de Toulouse; le baron Séguier, procureur impérial; E. Trutat, conservateur du Musée d'histoire naturelle; Vaïsse-Clibiel, avocat, directeur de l'Académie des sciences, inscriptions et belles-lettres; Emile Cartailhac, membre de la Société géologique de France, *secrétaire du Comité.*

TROYES.

MM. J. Salles, préfet de l'Aube, *président ;* D'Arbois de Jubainville, membre correspondant de l'Institut ; Argence, maire de Troyes, *vice-président ;* D'Auzon, membre du Conseil général ; Ballet, président du Tribunal de commerce ; Berthier-Roblot, président de Chambre de commerce ; Blerzy, inspecteur des télégraphes, *secrétaire ,* Bonhome, sous-préfet de Bar-sur-Aube ; Cartereau (le docteur), maire de Bar-sur-Seine ; Coffinet (l'abbé), membre de la Société académique de l'Aube ; Cotell, sous-préfet de Bar-sur-Aube ; Dufour-Bouquot, imprimeur ; Dutreix, avocat ; Félix Fontaine, manufacturier ; Goyot, vice-président de la Société académique ; Cossement (le docteur), conseiller d'arrondissement à Arcis ; Housset, proviseur du lycée ; Gustave Huot, membre du Conseil général ; Jardou, sous-préfet d'A. c's-sur-Aube ; Jully, professeur de rhétorique ; Lalou, trésorier payeur général, *trésorier ;* Laquiante, sous-préfet de Nogent-sur-Seine ; Launay (le comte de), conseiller d'arrondissement ; Lemonnier, professeur d'histoire ; Albert Maurin, redacteur en chef du *Napoléonien* ; Mengy, ingénieur en chef des mines ; Mongeot, docteur en médecine à Bar-sur-Aube ; Petit, avocat ; Poletnich, maire de Nogent-sur-Seine ; Quilliard, ingénieur en chef des ponts et chaussées ; Jules Ray, membre de la Société académique ; Socard, rédacteur en chef de l'*Aube* ; Symonet, substitut ; Vauthier (le docteur), membre de la Société académique ; Villemereuil (de), président de la Société académique, *vice-président ;* Wartel, inspecteur d'Académie.

VERSAILLES.

MM. Ploix, maire de Versailles, *président;* Anquetil, inspecteur d'Académie; le docteur Berigny, vice-président de la Société météorologique de France; Edonard Charton, correspondant de l'Institut; Amédée Collas, président du Tribunal de commerce ; Digard, président de la Société des sciences morales de Seine-et-Oise; Guillemain, président du Tribunal civil ; Joguet, proviseur du lycée; Lenient, directeur de l'Ecole normale; Leroi, conservateur de la bibliothèque de la ville de Versailles; René de Semalé, membre de la Société de géographie ; Thibierge, président de la Société des sciences naturelles de Seine-et-Oise; Oscar Comettant, homme de lettres, *secrétaire-trésorier.*

D'autres comités sont, au moment où nous mettons sous presse, en voie de formation; notamment à Tours, à Poitiers, à Perpignan, à Cette, à Arles, à Grenoble, à Lyon, à Mâcon, à Châlons-sur-Saône, à Dijon, à Valence, à Rouen, etc.

Versailles. — Imp. BEAU, rue de l'Orangerie, 36.